Carl Malß

Herr Hampelmann sucht ein Logis

Anatiposi

Carl Malß

Herr Hampelmann sucht ein Logis

Unveränderter Nachdruck der Originalausgabe von 1850.

1. Auflage 2023 | ISBN: 978-3-38240-224-2

Anatiposi Verlag ist ein Imprint der Outlook Verlagsgesellschaft mbH.

Verlag: Outlook Verlag GmbH, Zeilweg 44, 60439 Frankfurt, Deutschland
Vertretungsberechtigt: E. Roepke, Zeilweg 44, 60439 Frankfurt, Deutschland
Druck: Books on Demand GmbH, In de Tarpen 42, 22848 Norderstedt, Deutschland

Herr Hampelmann

sucht ein Logis.

Lokal-Lustspiel in fünf Bildern.

14

Personen.

Herr Hampelmann, Rentenirer.

Madame Hampelmann (vorher verehelichte Sauer, geb. Süß), seine Frau zweiter Ehe. *)

Sophie, seine Stieftochter.

Herr Hübner, sein Freund.

Carl Neumann.

Mademoiselle Aurora Wachtel, Sängerin.

Herr Ganz.

Madame Ganz.

Louise, ihre Tochter.

Regine, Stubenmädchen bei Ganz.

Herr Wackelmann, Ganz's Schwager.

Mariane, Kammermädchen bei Aurora.

Ein Stadtgerichtspedell.

Ein Schneidergesell.

---

*) Es lag in der Absicht, die Rolle der Madame Hampelmann sowohl, als einige andere in der Frankfurter Mundart zu geben, der Mangel geeigneter Darsteller jedoch machte die gegenwärtige Redeweise nöthig, welche, gehörig motivirt, bei der Darstellung von keiner üblen Wirkung ist. Bei Aufführungen (z. B. in Privatgesellschaften), wo dieses Hinderniß wegfällt, kann ja leicht der Dialekt da, wo es nöthig, für die Schriftsprache substituirt werden.

Erstes Bild.

(Ein nicht elegantes, aber reinliches Zimmer, mit Mittel- und Seitenthüren, rechts ein praktikables Fenster, in der Wohnung des Herrn Hampelmann.)

Scene 1.

Sophie (allein, am Fenster stehend und hinaus redend).

So? Zu einem Familien-Diner gehen Sie? — Darum sind Sie so geputzt? Nun, ich wünsche Ihnen viel Vergnügen. — Es werden wohl eine Menge schöner Damen dort sein, bei denen werden Sie mich sehr leicht vergessen. — O werfen Sie nur Küsse, so viel Sie wollen, ich sende Ihnen doch keinen zurück! ich traue Ihnen nicht mehr; Sie sind ein häßlicher, unbeständiger Mensch, der — ach, meine Eltern kommen! — (Sie macht das Fenster zu.)

14*

Scene 2.

Vorige. Herr und **Madame Hampelmann.**

Mad. Hampelmann. Und genug, ich sage Dir's, Hampelmann, ich bleibe nicht länger hier wohnen; das Logis ist mir unausstehlich!

Hampelmann. Wähs Gott, merkwerdig! Wann Du Dir emol was in Kopp setzst, brengt dersch kän Mensch eraus — Seitdem ich mich in Ruh gesetzt hab, sind mer des Geld aach net uff der Gaß — meenst Du vielleicht, ich kennt siwwe hunnert Gulde for e Logis ausgewwe? — Ja, wann dausend Deiwel Batze weern. — E Mann, der von seine Zinse lewe muß. —

Mad. Hampelmann. Du könntest ja doch eine Bedienung bei der Stadt annehmen.

Hampelmann. Ich will kän Bedienung — Guck emol an — Ze was wern se mich dann mache? — Kotz, ich hab mich zur zwätt Frää entschlosse, um emol Ruh ze hawwe — un jetzt bringelirschte mich in ähm fort mit eme große Logis.

Mad. Hampelmann. Du willst bloß hier wohnen bleiben, um mir zuwider zu handeln. Aber diesmal gebe ich nicht nach! Ich habe wahrhaftig meinen glücklichen Wittwen= stand nicht geopfert, um hier in Frankfurt schlechter zu wohnen, wie in meinem Hanau.

Hampelmann. Mein Settche seelig, hat sich doch drinn gefunne. Wie ich um Dich gefreit häb, Adelheit, do haft de annersch geredt — Du haft ägentlich nix von mir

verlangt, als daß ich mer Dein schönes Casselaner Deutsch,
was uffe Hanauer Gelerib gebrobt is, angewehne sellt. —
Un bernochenber — ich kann bersch sage — haft be mich dahin
gebracht, daß ich — bloß um Dir angenehm zu erscheine —
ich auch in die scheene Wissenschafte so e bißst gepuscht hab —
un des kost aber Alles Mees — Ei die Lectihr kost ja allän
e Häbegeld! All die Penningsmagaziner un Hellermagaziner,
un Konservationsblätter — des nemmt ja gar kän End — die
Buchhänneler schicke ähm ja Hänzler-Wäge-weis des Zeug
ins Haus.

Mad. Hampelmann. Aber Hampelmann ich bitt Dich! —

Hampelmann. Netwohr! — Nä — hern sollst des! —
Sich — Guck — hätt ich e Frää aus Frankfort genomme, die
nach ihrm Schnabel geredt hätt, un net Dich hochbeitsche
Person, so wern mer die Art Bosse all net beigefalle. — No, —
freilich, es kommt aach daher, daß ich e je Ruh gesetzter Mann
ohne Geschäft bin — dann ebbes muß der Mensch doch duhn.
Die Gelegeheite mit dem Theater, die mer aach je häufig
frequentirn — die scheen Oper — die scharmante Sänger un
Schauspieler, manchmol trifft mer se in de Werthshäuser —
mer amesirt sich — drinkt e Schoppe mehr — un so — un
des kost awwer Alles Geld.

Mad. Hampelmann. Schwatze doch nur nicht so ein-
fältiges Zeug! Wer hat je so etwas von Dir verlangt — Gott,
in Gegenwart meines Kindes. — Du findest es also sehr
angenehm, drei Treppen hoch zu steigen? und was für Treppen? Unser Freund Hübner, der die Gicht hat, besucht uns
bloß darum jetzt so selten. — Ueberhaupt leben wir so erschrecklich

eingezogen, kein Mann darf zu uns. Wäre ich eitel, müßte ich glauben, Dich plage die Eiferfucht.

Hampelmann. Eiferfucht! — Mach mer mein Gaul net fcheu, Adelheit! Ich Peter Hampelmann eiferfichtig?! — Ich warfch bei meiner erfchte Frää net, un foll's jetzt bei Dir fein? — des wär ze fpet. Nä, ich baue uff Dein Tugend, uff Dein Bildung — uff Dein Exterieur — uff Dein Fifonomie un uff Dein 50 Jahr, un uff was mer fonft noch baue kann. — No! un was wärfch, wann ich aach als emol eiferfichtig wär? Worfcht widder Worfcht. — Bift Du dann net aach als eiferfichtig? No, no! Du kannft ehnder Urfach hawwe — (eitel fcherzend): Mer war emol e fcheener Mann — mer hat fich confervirt, — un die Weiber —

Mad. Hampelmann (verdrießlich). Lachen den eitlen, alten Gecken aus.

Hampelmann. Des is purer Aerger, Schatz — Awwer laffe mer jetzt Alles ruhe, un bleibe mer wohne, hörft de? un was hoft be dann gege des Logis? bedenk nor an, mer hawwe die Sommerfeit, die Kich raacht net, e fcheene Alkov zum Schlafe. — Die Fenfterrahme fin freilich e biffi wackelig — des mecht die Wetterfeit. Die Laag is lebhaft. — Guck nor emol dem Fenfter enaus. — Wie e Guckkafte. Do in der Nachbarfchaft wohne zwää Schmidt, die kloppe ähm des Morfends um vier Uhr aus be Feddern — bo in der Nähe von de fcheenfte Werthshäufern — bo der Parifer Hof — der Weidebufch — der Schwane — be ganze Dag rumple die Eilwäge forbei — bo verzehl ich der als von meiner Nernberger Rähs.

Mad. Hampelmann. Sey mir nur von deiner Nürn-
berger Reise still. — Dummes Zeug! Suche nur, und Du wirst
schon eine bessere finden.

Hampelmann. Ja such nor äner hier in Frankfort e
Logis — vielleicht dorch die Nachricht! do wird mer meest
geuhzt. Do steht als: eine freindliche Wohnung in der schön=
sten Lage der Stadt. — Wann mer sein Batze zum Nachfrage
ausgewwe hot un kimmt hin, — so is es in der Kaltelochgaß;
e annermol häst's! in der Mitte der Stadt — un do is es
uff em Klapperfeld, odder aach, wann steht: auf einer Wall=
straße mit der Aussicht ins Freie — do is es gewiß am Affethor,
un manchmol gar häst's: uff der Sonneseit in der Rosegaß.

Mad. Hampelmann. Man muß einem Makler Auf-
trag geben. — Am liebsten wäre mir eine Parterre-Wohnung.

Hampelmann. Ganz wohl! daß ähm alle Ageblick in
die Fenster enein geguckt werd, un mer jed Wort hört, was
mer redd — Du wäßt, ich führe als garstige Redde un zu
dem bin ich als e Haupt-Liberaler bekannt — Un des Awends
kloppe ähm die beese Buwe am Fenster, un sellt's nor sein, um
ze frage, wie viel Uhr es is.

Mad. Hampelmann. Hampelmann, mit all Deiner
hochgepriesenen Klugheit bist Du doch sehr kurzsichtig. Bedenkst
Du denn nicht, daß Sophie alle Tage heirathen kann.

Hampelmann. Des wähs ich — un des Medche is
e Schatz for en jede Mann — Es is e braves, bescheidenes
— wohlerzogenes, sparsames Medche — es is ja — unner
Deiner Leitung — so ze sage unner Deine Fittig uffgewachse.
In Hanau, fern vom Getöse der Welt, mit beständig vor Auge

habendem Beiſpiel. — Sophiche, Du brauchſt Dich net ze
ſchäme, Du kannſt Dich in Frankfort ſehe laſſe — un wann de
Dein Mäulche uff buhſt, ſe hält mer Dich for e Hanoveranerin.

Scene 3.

Vorige. Herr Hübner.

Hübner. Guten Morgen! Guten Morgen, wie ſteht's?
wohl auf?

Hampelmann. Ei, ei! Freind Hibner — noch eme
halwe Jahr, endlich emol von Angeſicht. — E! hawwe der
net die Ohrn geklingelt? Ewe hawwe mer von dem Herrn
geredd — No? wie geht's mit der Geſundheit, alter Dürin-
ger Du?

Hübner. Ei nun, recht erträglich — habe ſeit ein paar
Tagen keinen Gicht-Anfall gehabt, und fühle mich neu belebt.
— Sie ſind doch allerſeits wohl? Madame und Mamſell? —
Sieh, ſieh, ſieh! wie das Kind herangewachſen iſt. — Bei
meinem letzten Beſuche waren Sie nicht zu Hauſe, aber ſo
groß habe ich Sie mir nicht gedacht! — Ja Freund, da merkt
man, daß wir alt geworden ſind.

Hampelmann. Des hat mein Frää ewe aach bemerkt.
Ja, ja, des Sophieche hat ſich eraus gemacht; kann alle Dag
heirathe. — Aus Kinner wern Leut.

Hübner. Heirathen? ei wie alt iſt ſie denn?

Sophie. Siebzehn Jahr, Herr Hübner.

Hübner. Schon? ja, ja, die Zeit vergeht; freilich, da kann man schon auf einen Mann denken. (Bedauernd): Hm, hm, hm! Das ist ja recht verdrießlich!

Hampelmann. Was denn?

Hübner. Ich hatte Euch eine prächtige Parthie vorzuschlagen.

Mad. Hampelmann. Nun, dabei sehe ich doch nichts Verdrießliches.

Hübner. Doch, doch! denn ich habe bereits einer andern Familie den Antrag gemacht. Der Familie Ganz, wenn ihr sie kennt.

Hampelmann (nachdenkend). Ganz? Ganz?

Mad. Hampelmann. Lieben sich denn die jungen Leute?

Hübner. Von heute Nachmittag an. Der Vater des jungen Mädchens hat ein Diner arangirt, dabei sollen sie sich kennen und lieben lernen. (Bedauernd): Ei, ei, ei, schade! das wäre so etwas für Deine Tochter gewesen.

Sophie. Ach, lieber Herr Hübner, ich bin wohl noch zu jung.

Mad. Hampelmann. Jung bist Du, das ist wahr; aber heut zu Tage muß man sich ja keine Gelegenheit entschlüpfen lassen, unter die Haube zu kommen.

Hübner. Es ist ein junger Mann, dem seine Eltern gern eine einfache, wirthschaftliche Frau geben möchten.

Hampelmann. O, des is des Medche; — e sanftes, bescheidnes, sparsames Medche — in Hanau uffgezoge — nir von Frankforter Bosse im Kopp — gibt emol e prechtig Hausmitterche, — natürlich, unner be mitterliche Fittige uffgewachse,

des tägliche Beispiel, dann gute Sitte, verderbe beese Beispiel — odder beese Beispiel — —

Hübner. Schon gut. So eine grad thut ihm Noth.
Er ist, wie alle hiesige junge Leute, ein wenig windig, macht
jedem hübschen Gesichtchen den Hof, verschwendet sein Geld,
stellt Wechsel aus — ist mit einem Worte ein lockerer Zeisig!

Sophie. O, lieber Herr Hübner, ich kann die gewöhn-
lichen Zeisige nicht leiden, geschweige dann die lockeren. Ich
danke sehr.

Hübner. Aber dieser hat ein gutes Herz, wird sich
bessern, und — wohl zu merken — fragt nicht nach einer
Aussteuer, denn er wird Erbe eines Vermögens von sechzig
Tausend Gulden.

Mad. Hampelmann (zu ihrer Tochter): Denke Dir, sechzig
Tausend Gulden.

Sophie. Was würden mir die nützen, wenn ich ihn
nicht liebte!

Hampelmann. No, no, des werd sich schond sinne —
Du werscht doch des Kind net iwwerredde wolle?

Mad. Hampelmann. Ach was, in ihrem Alter muß
man von vorzugsweiser Neigung noch gar nichts wissen. Wenn
wir nur eine andere Wohnung hätten, daß wir Gesellschaft
geben könnten.

Hampelmann. Ahache! alleweil merk ich den Schnuppe
— will des bo enaus!?

Mad. Hampelmann. Ja, ja, dahinaus. Und bildest
Du Dir denn ein, ein reicher, junger Mann werde in solcher
Spelunke, wie diese hier, wohnen wollen?

Hampelmann. Spelunke — vous même Spelunke — guck emol an! — Alles vor ftwwe Jahr erscht scheen mit Oelfarb angestriche — e einfallend Licht uff die Steeg gemacht, e neue Buschische Ofe, un en Mackische Herd, frieblich nebernanner setze losse, den Alkov neu tapezirt.

Hübner. Aber der junge Mann bedürfte Eurer Wohnung gar nicht; der würde seine Frau schon brillant logiren.

Hampelmann. Rän, Freindche —· do wärsch ohnehin nix mit der Barbieh — wann des Sophiche heirath, muß der Mann zu uns ziehe. — Die Mutter duht's net annerscht, un ich, e Mann ohne Gescheft, will mein Amisement hawwe — In käm Fall — sunst liewer —

Mad. Hampelmann. Sonst bekommt er sie nicht, das haben wir fest abgemacht. Sophie muß bei uns bleiben, sonst wären wir unglücklich. Und aus diesem Grunde schon müssen wir eine andere Wohnung haben.

Hampelmann. So bleibt's derbei.

Hübner. Nun Kinder, lebt wohl! Es hat mich gefreut, Euch so gesund und munter gesehen zu haben.

Hampelmann. Adieu! Freind Hibner — Wann der wibber emol e Schwiggersohn mit 60,000 fl. uffstößt — un es is der Mamsell recht — so sage mer aach Ja — Netwohr, Adelheit?

Mad. Hampelmann. Gewiß.

Hübner. Verlaßt Euch auf mich, Leutchen! Was ich für Euch thun kann, geschieht gewiß.

Hampelmann. Ich wähs, Du bist e guter Kerl — Wann Du ähm was ze Gefalle duhn kannst —

Hübner. Also — Adieu Madame — Mamsell — auf
hoffentlich baldiges Wiedersehen. — (Er geht ab.)

Mad. Hampelmann (begleitet ihn). Gehen Sie nur ja
recht behutsam die Treppe hinab — die Gicht schlägt Ihnen
sonst wieder in die Beine.

Hübner. Ich werde mich ans Geländer halten. Adieu!
(Ab.)

Hampelmann. Des werd widder bloß gesagt, um
mich ze ergern.

————————

Scene 4.

Herr und Madame Hampelmann. Sophie.

Mad. Hampelmann (kommt wieder vor). Nun hast Du's
doch gehört — er ist gezwungen, sich ans Geländer zu halten.

Hampelmann. Geschicht em Recht! warum hat er
des Gicht.

Mad. Hampelmann. Ein schönes Raisonnement.

Hampelmann. Aach noch! Ich hab kän Mitleid mit
em — Er hot in seine junge Jahrn e bissi gebollt und hot aach
net emol geheirath — un wisse mecht ich, warum der Mann
net aach sein Kreiz uff'm Buckel treegt, wie e annerer ehrlicher
Berjersmann aach. So e Junggesellelewe, so lang es geht,
is es recht commod. For Niemand ze sorge — als for den
ägene Leichnam — do dränge se sich in ordentliche Ehemänner
Häuser — mache sich an die Weiber — renne und laafe dorch
dick un dinn, dorch Rege un Schnee for lauter Scharmanteteet

— un krieje se dann am End des Podagra — dann kenne se
käner berjerliche Trepp mehr enunner. — Ja! ja! gerechte
Straf! prenez ein Exempel.

Mad. Hampelmann. Hampelmann! nimm den Mund
nicht so voll, hörst Du! — Man weiß, daß, troß Deines
kahlen Kopfes, Dich jedes leidliche Gesicht entflammt.

Hampelmann (lächelnd). O Adelheit.

Mad. Hampelmann. Ich frage Dich jetzt übrigens
zum letzten Male: wollen wir uns nach einem andern Logis
umsehen, oder nicht?

Hampelmann. Sie läßt net nach, un läßt net nach
— Sophiche — hol mer mein neue Frack.

Sophie. Gleich, lieber Vater. (Sie geht ins Nebenzimmer ab.)

Hampelmann. Was will mer mache, der Gescheidst
gibt nach — un der Gescheidst bin ich. — Jetzt wolle mer gehn
un alle Heuser angaffe — wo e Logis zu verlehne steht —
uffs Miethbireau; üwwerall hin.

Mad. Hampelmann. Hampelmann! das ist brav!
so bist Du vernünftig! (Ab ins Nebenzimmer.)

Hampelmann. Bin ich jetzt verninftig — Scheen!

Sophie (kommt mit dem Ueberrock zurück). Hier, lieber Vater.

Hampelmann. Geb her (zieht ihn an): Kind — helf mer
— Dein Mutter — Du hälst mer ja den Ärmel ebsch — mecht
mer den Kopp sehr warm — sitzt er ordentlich? (In den Spiegel
blickend): Der Frack steht mer wähs Gott net bes — wo is
mein Hut — der mit dem schmale Rand — der mecht e bissi
jung — Ich glab, gar kän Rand, mecht noch jünger — bleib
da, ich hol en selbst, ich duh mer zegleich mein Sammetkrage

Mad. Hampelmann. Nun komm endlich! — (Sie geht wieder mit ihrem Manne.)

Hampelmann (kehrt um): Des kann ich net preſtire. — Ja, wann ich mein Geſcheft net verkäft hett. Des Holz is ſo theuer, mer ſelt werklich Torf obber Braunkohle — die rieche awwer wie der Deiwel.

Mad. Hampelmann. Peter, willſt Du mich b ö ſ e machen?

Hampelmann. Des werd e Kunſt ſein. — Ich muß des Geld herbeiſchaffe — un wann's der Köchin gefällt, wege eme Pannekuche e Feier wie e Hell ze mache, als wollt ſe en Ochs brote — ſo wern ich doch aach e Wort rebbe derfe, — Wart emol, Adelheit, hab ich dann aach mein Geldbeutel? — (Er zieht ſeinen Geldbeutel hervor, der in einem andern Geldbeutel ſteckt). So! —

Mad. Hampelmann. Ei, Du haſt ja zwei Geldbeutel in einander ſtecken?

Hampelmann. A Närrche! Des is, wann ich ähn verliehrn, ſo hab ich doch noch en annern. (Er iſt mit ſeiner Frau hinaus, Sophie begleitet ihn.)

Zweites Bild.

(Ein sehr elegant möblirter Salon bei der Demoiselle Aurora Wachtel.)

Scene 1.

Carl Neumann. Mariane.

Carl (eilig mit Marianen eintretend). Rasch, rasch, liebe Mariane! sage Deiner Gebieterin, daß ich hier sei; sie soll kommen, sogleich!

Mariane. Hu! wie ungestüm! Was haben Sie denn heute?

Carl. Eile, Eile, große Eile! Ich kann keine fünf Minuten hier bleiben. Also thue mir den Gefallen und melde mich.

Mariane. Ich gehe schon! — (Geht ins Nebenzimmer ab.)

Carl (allein). Mir ist sonderbar zu Muthe! wohin ich sehe, nichts als Trübsal und Verwirrung! Hier eine Geliebte, dort eine Geliebte, vor mir eine Heirath, hinter mir Gläu=

15

biger und Gerichtsdiener! Im Herzen ein Doppelgefühl von
Liebelei und wahrer Empfindung, im Kopfe Thorheit und
wiederkehrende Vernunft — wie soll ich das Alles ordnen! —

Scene 2.

Aurora. Carl — später Mariane.

Aurora. Willkommen, Herr Neumann! Mariane erzählt
mir von Ihrem Ungestüm, Ihre Eile —

Carl. Von meiner Sehnsucht nach Ihnen, himmlische
Aurora! Ich mußte Sie sehen, mußte mir Rath und Trost
in meiner peinlichen Lage von Ihnen erbitten.

Aurora. In Ihrer peinlichen Lage? Was widerfuhr
Ihnen?

Carl. Das Entsetzlichste! Man gibt mir heute ein
Diner, und zum Desert — eine Frau.

Aurora. Eine Frau?

Carl. Ja — eine Frau. Hören Sie ganz kurz den
Zusammenhang; meine Eltern haben hier einen Freund, der
ihnen über meine Handlungen regelmäßige Berichte abstatten
muß. Dieser findet nun, daß ich ein lockerer, leichtsinniger
Jüngling sei, der sein Geld verschwende, unnütze Schulden
contrahire, zu nichts führende Amouren anspinne und der-
gleichen mehr. Um mich an ferneren Tollheiten — so nennt
der Murrkopf meine reinsten Leidenschaften — auf ewig zu ver-
hindern, hat er den Plan gemacht, mich zu verheirathen.

Heute Mittag soll ich meine Zukünftige zum Ersten Male sehen, und da deren Eltern durchaus nur eine Verbindung aus Neigung zugeben wollen, sie prima vista lieben.

Aurora. Und was sagen Sie dazu?

Carl. Bis jetzt habe ich mich geduldig leiten lassen — das Ding sieht aus, wie ein Roman, und der Freund meiner Eltern hat auch wirklich bereits die ersten Kapitel geschrieben, denn er hat, ohne mich weiter zu fragen, für mich um das Mädchen geworben, den Heirathscontract entworfen, und die Gäste zur Verlobung gebeten; — aber das letzte Kapitel werde ich anfertigen, und das soll zum Titel haben: die Braut ohne Bräutigam.

Aurora (freundlich und herzlich). Lieber Carl, Sie wollen meinen Rath?

Carl. Ja, ja, Göttermädchen! rathen Sie!

Aurora. So erfüllen Sie den Wunsch Ihrer Eltern!

Carl. Wie?

Aurora. Ihr Verlangen ist billig und gerecht!

Carl. Das können Sie mir rathen? Sie, die ich anbete, ewig, unaussprechlich liebe?

Aurora (lächelnd). Darin täuschen Sie sich, lieber Freund; Sie schätzen nur mein Talent, meine wenigen Vorzüge haben Ihr Herz ein wenig ergriffen, aber — Liebe empfinden Sie nicht für mich.

Carl. Aurora!

Aurora. Jetzt wenigstens nicht mehr! — Ein anderer Gegenstand fesselte Sie, Ihr vis-a-vis — am Fenster.

Carl (beschämt). Aurora!

15*

Aurora (gütig). Ich zürne Ihnen nicht deßhalb; — auch wird Ihre Neigung zu der hübschen Nachbarin eben so rasch vergehen, wie die zu mir. Und darum heirathen Sie; (lächelnd): es wird Ihnen gut thun.

Carl (wehmüthig). Welch ein Thor war ich, mir einzubilden, Sie liebten mich.

Aurora. Ich war Ihre Freundin und will es bleiben, — fern von hier. Carl — eine Offenheit erfordert die andere. Auch ich werde heirathen.

Carl. Heirathen? Sie?

Aurora. Den jungen, talentvollen Tonkünstler Wilson aus London, den Sie einige Male in Concerten hörten. Morgen reisen wir in sein Vaterland!

Carl. Morgen schon?

Aurora. Wünschen Sie mir Glück!

Carl. Darum kündigten Sie diese hübsche Wohnung auf! Darum waren Sie Tagelang auf dem Lande! O Aurora! Sie haben mich hintergangen.

Aurora. Niemals! — Sie selbst haben sich getäuscht. Wilson liebt mich! —

Carl. Ich ja auch!

Aurora (lächelnd). Romanenliebe! — Wilson liebt mich aufrichtig! — (Es klingelt draußen.)

Aurora (erschrickt heftig). Ha! mein Gott!

Carl. Was ist Ihnen?

Aurora. Es klingelt — das ist Wilson — er wollte um diese Zeit hier sein.

Mariane (tritt ein). Fräulein, es klingelt — (besorgt auf Carl sehend). Soll ich öffnen! —

Aurora (hastig). Allerdings — und sogleich — daß er keinen Verdacht schöpfe! —

Mariane (geht ab.)

Aurora. Um Gotteswillen, verbergen Sie sich — nur einen Augenblick — ich führe ihn sogleich in mein Zimmer —

Carl. Aber wo, wo?

Aurora. Hinter den Fenstervorhang — nein — da könnte er Sie sehen — hier in diesen Wandschrank — er ist tief genug — Mariane soll Sie sogleich wieder befreien — (ängstlich): Er kommt — ums Himmelswillen.

Carl. Ruhig — ich bin schon drinnen. (Er steigt in den Wandschrank.)

Aurora. Wie soll ich Fassung gewinnen! Ich zittere und bebe!

Scene 3.

Vorige. Mariane. Herr und Madame Hampelmann.

Mariane. Der Herr wünscht das Logis zu besehen!

Hampelmann. Ja; — gehorsamster Diener — Madame odder Mademoiselle — Adelheit, faites votre compliment — wenn Sie's erläwe, so wolle mer so frei sein, un des Logis e bissi besehe — (bei Seite): e scharmantes Frauenzimmer!

Aurora (gezwungen höflich). Wenn Ihnen gefällig ist — Mariane, zeige Ihnen die Zimmer. — (Für sich): Widerwärtige Verpflichtung. —

Mariane (das Nebenzimmer öffnend). Belieben Sie — ?

Mad. Hampelmann. Nun, komm, Hampelmann.

Hampelmann. Gleich, den Ageblick — geh Du nor voran; ich beguck mer e weil den Salon.

Mad. Hampelmann. Was das nun wieder für —

Hampelmann. Ich verlaß mich ganz uff Dein Geschmack — Schatz — der is erprobt schon an mir, also —

Mad. Hampelmann (im Abgehen für sich). Ich weiß recht gut, warum er hier bleibt, der alte Geck! — (Sie geht mit Marianen ins Nebenzimmer.)

Scene 4.

Aurora. Hampelmann. Carl Neumann,
(im Wandschrank.)

Aurora (für sich). Fataler Zufall! Der arme Carl!

Hampelmann (für sich). Alleweil is se fort. — Jetzt wolle mer uns emol e bißi bei dem Frauenzimmer herbei mache. (Laut): Also des is hier der Saal?

Aurora. Ich benutze ihn zum Boudoir.

Hampelmann (zärtlich). Boudoir — Ihr Boudoir? — Ach Gott! wo so viele Reize — da wern ich kinftig schla —

Aurora. Wie Ihnen beliebt! — (Für sich): Der Mensch ist sehr zudringlich.

Hampelmann. Wohnen, leben und weben — Gott! wann ich da an die Ex-Besitzerin zurück denke; (bei Seite): Ich muß mein Worte aartlich setze, vielleicht kann ich mich bei dem Engel e bissi insinuire.

Aurora. Er geht nicht vom Fleck!

Hampelmann. Finfhundert Gulde soll des Logis jährlich koste? N'est ce pas — meine charmante Madame?

Aurora. Ich weiß wahrlich nicht — ich zahlte monatlich.

Hampelmann. Monatlich — hm, dann is fl. 500 viel Holz — beaucoup de bois —

Aurora. Wie, mein Herr?

Hampelmann. Geht der Hauseigenthümer net ebbes erunner? die Finfhunnert-Gulde-Logis falle alleweil im Preis — Was sage Sie derzu?

Aurora. Wohl möglich! — (bei Seite) Welche Marter! —

Hampelmann. Un warum — wenn mer froge derf, ziehe Se aus?

Aurora (erstaunt). Warum?

Hampelmann. Hätt des Logis vielleicht e Untugend an sich.

Aurora (verdrießlich). Ich reise nach London; um mich dort zu verheirathen.

Hampelmann. O, ich bitt Ihne, Sie verstehe mich falsch, meine Hochzuverehrende, ganz falsch — ich bin nicht von der Bollezei — daß ich mer eraus neme deht — Rechenschaft von Ihne Ihre Hannlunge je verlange. Nein — Gott bewahre! — Ich will nicht wisse, ob des Ihne Ihrige Herz vor en Engellener brennt; ich winschte bloß je erfahre, ob die Kich net räächt?

Aurora (ungeduldig). Nein, mein Herr!

Hampelmann. Sehr angenehm; so wer ich denn muthmaßlicher Weise des bevorstehende Glück hawwe, in die Wohnung, die die drei Grazie verlasse hawwe, einzuziehe.

Aurora (bei Seite, lachend). Ich glaube gar, er sagt mir Schmeicheleien?

Scene 5.

Vorige. Mad. Hampelmann.

Mad. Hampelmann. Nun? Du kommst nicht?

Hampelmann. Ich verlaß mich ganz uff Dich Adel=heit — Wie mecht sich des Logis?

Mad. Hampelmann. Nicht übel, aber der Preis ist horrent; dazu gehört ja ein Einkommen von wenigstens jährlich —

Hampelmann. Die Demoiselle obber unbewußter Weis' Madame — sinn der unmasgebliche Meinung — mer sollte mit dem Hausherrn rebbe — Awwer jemehr ich die Madame betrachte — je mehr ich se von Angesicht zu Angesicht — je mehr kimmt mersch vor, als wärn mir diese reizende Gesichts=züge schonb irgend wo uffgestoße — diese griechische Fisonomie schwebt mer vor de Auge — vorm Kopp — vorm —

Aurora. Besuchen Sie vielleicht öfter die Oper?

Hampelmann. Die Oper? uffzewarte — wann abon-nement suspendu, e Benefiz obber so was is — dann sunst kriet unser ähns kän Loge, und in der Wolfsschlucht mich bricke ze losse, da vor bedank ich mich.

Aurora (lächelnd). Nun, so werden sie mich wohl dort gesehen haben.

Hampelmann. Richtig, — richtig — jetzt besinn ich mich — in äne von de erste Loge rechts, so zwische der dritte und achte vom Orchester.

Aurora. Nicht doch, mein Herr, ich bin Künstlerin.

Hampelmann. Künstlerin? Dun — — verzeihen Sie — ach! (er verbeugt sich) Adelheit! Soyez sage, verneig Dich — Künstlerin — Sie werden wahrscheinlich der Engel sein, der in der Stumme von Portizi des Publicum, als Flenella, dorch ihr graziose Bewegungen, dorch ihr so dorchaus stummes Spiel, in ere Gastroll so hingerisse hat?

Aurora. Nein, ich bin Sängerin und gab hier mehrere Gastrollen.

Hampelmann. Ah! Sängerin! (zu seiner Frau): Du, Schätzi — des is die berühmte Künstlerin, von der mer in der Dibaskalia gelese hawwe, daß se bis ins dreimol gestrichelte ff enuff singt — und is eine Erscheinung, Nota bene eine hechstliebliche. (Zu Aurora im Enthusiastenton): Bravo Bravissimo! Aber, hochgefeierte Kinstlerin, Sie heirathen? — Sie wolle von dem Kunsthorizont sich entferne, und ihre himmlische Per= senlichkeit dem gesammte Publikum entziehe? Oh! — Sein Sie nicht so grausam — oh! do bleiwe! do bleiwe! wird Ihne die Volksstimme zurufe. Gott, mir hawwe erscht kerzlich mehrere Verlüste in diesem Genre erlitte, die dorch Ihne Ihr Verschwinde, um so sichtbarer for des musikalische Publikum wern.

Aurora (bei Seite). Ich ärgere mich und muß doch lachen.

Hampelmann. Oh, gehn Se — o bleiwe Sie da — ich bin hiesiger Berjer, un sprech im Name des Publikums, lasse Se sich erwäche.

Mad. Hampelmann. Aber Hampelmann, bist Du denn ganz und gar wahnsinnig.

Hampelmann. Also Frääche, des Logis behagt Dir net? No dann wolle mer nicht länger incommodiren, dann wolle mer uns empfehle! Behalt — was Du hast — Du findst nir Bessersch — ich hab's gleich gesagt — komm nach Haus. (Man hört leise donnern und stark regnen.)

Mad. Hampelmann. Ei, warum nicht gar! das wäre der Mühe werth gewesen! wir gehen weiter — von Haus zu Haus.

Hampelmann. Brav! do is mein Arm — Mademoi= selle — odder vielleicht Madame unbewußt, wann Sie net morje stande bene nach dem englische London, nach der Lord= stadt reis'te, so werd ich so frei sein, Ihne um Erlaubniß je bitte, Ihne als dann und wann mein Uffwartung mache je derfe, um mich nach Ihrem erlauchte Wohlbefinde zu erkun= dige. — Dann ich bin der Mann, der Zeit derzu hat, ich bin e Renthier un hab kän Geschäft. So aber kann ich nur mit der Versicherung schließe, daß ich mich der Ehre ihrer per= sönlichen Bekanntschaft ewig erfreue werde, und meine Hoch= achtung Ihne ins Dampfschiff, bis iwwers Meer, in die Themse und dem Tunnel —

Mad. Hampelmann. Wirst Du endlich aufhören, abgeschmackter Mensch! — (Sie zieht ihn fort.)

Hampelmann (bücklingt sich rückwärts hinaus). Aeußerst schmei=
chelhaft — unschäßbar Old Ingland for ever zeichne mit Achtung
und Ergebenheit wery well — puff. (Mit seiner Frau ab.)

(Es donnert und regnet.)

Aurora. Endlich sind sie fort! Das war ja ein unaus=
stehlicher Mensch! — Jeßt, armer Carl, befreie ich Sie; Sie
haben wohl viel ausgestanden? — (Sie geht an den Wandschrank.)

Hampelmann (von außen). Schäßi — des is net meg=
lich! in dem Wetter kenne mer net fort. — Es schitt ja nor
wie aus Zimmer (kommt mit seiner Frau zurück): Bitte dausendmal
um Verzeihung — der Regen führt uns widder zurück, hoch=
zuverehrendste Mademoiselle — Mer bitte noch um einige
Ageblicke Gastfreindschaft — bis der triebe Himmel sich in en
heitern verwandelt hat un des geschengerte Gewelk — —

Aurora. Oh — ich bitte — (für sich): Das ist zu arg
— kaum behalte ich die Faffung! (ruft): Mariane!

Scene 6.
Vorige.   Mariane.

Mariane. Sie befehlen?

Aurora (leise zu ihr): Diese Leute enuyren mich aufs
Aeußerste; sie wollen hier den Regen abwarten. Ich gehe in
mein Zimmer, bleibe Du hier, bis ich zurückkomme (mit einer
kurzen Verbeugung gegen die Fremden ins Nebenzimmer ab): Der arme
Carl! (Ab.)

Hampelmann (am Fenster). Gott, was des trätscht — wie mit Kiwel — No, nor zugeregnet, mir fiße hier im Truckene un lache derzu. Bis uff de letzte Troppe kenne mersch hie abwarte.

Mariane (für sich). Das wird sehr amüsant werden.

Hampelmann. Awwer ich wähs gar net, worum ich steh! (Setzt sich). Du kannst Dich aach setze, Adelheit, wann Du willst.

Mad. Hampelmann. Ja, ich muß wohl, der fatale Regen! (Setzt sich.)

Mariane. Nun, dann setze ich mich auch! (Thut es.)

Hampelmann (zu seiner Frau): Verhalt Dich nor ruhig — Die Kinste verlange Ruh, bedeutende Ruh. — Eine Sängerin muß studiren, muß denke — des Singe is ääch Kopparbeit. — Des Logis gefällt Dir also net? Antwort mer, mein Schatz, awwer langsam — St.

Mad. Hampelmann. Ich wüßte nicht, wo Sophie schlafen sollte.

Hampelmann. No, die werd mit Gottes un unserm Freind Hibner's Hilf en Mann krieje.

Mad. Hampelmann (laut). Hast Du schon wieder vergessen —

Hampelmann (hält ihr den Mund zu). St! piano — pianissimo — Du kreischt ja als wie — —

Mad. Hampelmann (leiser). Hast Du vergessen, daß ich meine Tochter schlechterdings nicht aus dem Hause lasse, wenn sie heirathet? — Der Schwiegersohn muß zu uns ziehen. — Ich kann mich von Sophie nicht trennen; sie macht

mein einziges Glück — und besorgt ganz allein die Haushaltung.

Hampelmann. No, so werd ich mer die Gelegeheit
e bissi genauer ausgucke. (Steht auf): Des Zimmer, worin mer
do sinn, des gibt e herrlich gut Stub — Ach! un do rechts,
do sinn Kabenettercher; die de gar net besehe hast. (Er öffnet
eine Seitenthüre): Ei — recht geräumig — freilich zum Schlofe
e bissi klän. — Was duhn mer denn do enein? Richtig! —
do werd e klän Kanteerche eingericht, wo ich als arweite
deht. — Wann mer aach kän Gescheft mehr hot, so muß mer
doch e Kanteerche hawwe — es hot gleich e besser Ansehe. —
Zum Coupons=abschneide is es ääch groß genug. — Do newe
wern Benkel angeschlage, do kannst Du Dein eingemacht Obst
hinstelle, mer mecht en Vorhang dervor, do kann's die Hanne=
lungsbicher odder e Bibliothek vorstelle — Du wähst, mer
hawwe ja noch die alte Regale, wo vor Zeite die bäämwollene
Strimp un Unnerhose druff gelege hawwe, un do an dem
Fenster uff der Sunneseit, do setz ich mer e Botell Kersche=
brandewein an — un dernewe kimmt unser Lääbsrosch, der
grin Wetterprophet. (Er sieht sich im Zimmer um): Ei — ei — ei —
is des net vielleicht e Wandschank?

Mariane. Das ist ein Wandschrank.

Hampelmann (zu seiner Frau): Des is e Wandschank. —
Guck emol an, wie aartlich. Un wozu hot Ihne Ihre liebens=
wirdige Herrschaft diesen Wandschank benutzt?

Mariane. Sie verwahrt ihre Kleider darin.

Hampelmann (für sich). O glicklicher Wandschank! (laut):
for meiner Frää ihre Kläber megt er wohl ze klän sein — dann

Hampelmann (am Fenſter). Gott, was des trätſcht — wie mit Kiwel — No, nor zugeregnet, mir ſitze hier im Truckene un lache derzu. Bis uff be letzte Troppe kenne merſch hie abwarte.

Mariane (für ſich). Das wird ſehr amüſant werden.

Hampelmann. Awwer ich wähs gar net, worum ich ſteh! (Setzt ſich). Du kannſt Dich aach ſetze, Adelheit, wann Du willſt.

Mad. Hampelmann. Ja, ich muß wohl, der fatale Regen! (Setzt ſich.)

Mariane. Nun, dann ſetze ich mich auch! (Thut es.)

Hampelmann (zu ſeiner Frau): Verhalt Dich nor ruhig — Die Kinſte verlange Ruh, bedeutende Ruh. — Eine Sän= gerin muß ſtubiren, muß denke — des Singe is ääch Kopp= arbeit. — Des Logis gefällt Dir alſo net? Antwort mer, mein Schatz, awwer langſam — St.

Mad. Hampelmann. Ich wüßte nicht, wo Sophie ſchlafen ſollte.

Hampelmann. No, die werd mit Gottes un unſerm Freind Hibner's Hilf en Mann krieje.

Mad. Hampelmann (laut). Haſt Du ſchon wieder vergeſſen —

Hampelmann (hält ihr den Mund zu). St! piano — pianiſſimo — Du kreiſcht ja als wie — —

Mad. Hampelmann (leiſer). Haſt Du vergeſſen, daß ich meine Tochter ſchlechterdings nicht aus dem Hauſe laſſe, wenn ſie heirathet? — Der Schwiegerſohn muß zu uns zie= hen. — Ich kann mich von Sophie nicht trennen; ſie macht

mein einziges Glück — und beforgt ganz allein die Haushaltung.

Hampelmann. No, so werd ich mer die Gelegeheit
e bissi genauer ausgucke. (Steht auf): Des Zimmer, worin mer
do sinn, des gibt e herrlich gut Stub — Ach! un do rechts,
do sinn Kabenettercher; die de gar net befehe haft. (Er öffnet
eine Seitenthüre): Ei — recht geräumig — freilich zum Schlofe
e bissi klän. — Was duhn mer denn do enein? Richtig! —
do werd e klän Kanteerche eingericht, wo ich als arweite
deht. — Wann mer aach kän Gescheft mehr hot, so muß mer
doch e Kanteerche hawwe — es hot gleich e besser Ansehe. —
Zum Coupons = abschneide is es ääch groß genug. — Do newe
wern Benkel angeschlage, do kannst Du Dein eingemacht Obst
hinstelle, mer mecht en Vorhang dervor, do kann's die Hanne=
lungsbicher odder e Bibliothek vorstelle — Du wähst, mer
hawwe ja noch die alte Regale, wo vor Zeite die bäämwollene
Strimp un Unnerhose druff gelege hawwe, un do an dem
Fenster uff der Sunnefeit, do setz ich mer e Botell Kersche=
brandewein an — un dernewe kimmt unser Lääbfrosch, der
grin Wetterprophet. (Er sieht sich im Zimmer um): Ei — ei — ei —
is des net vielleicht e Wandschank?

Mariane. Das ist ein Wandschrank.

Hampelmann (zu seiner Frau): Des is e Wandschank. —
Guck emol an, wie aartlich. Un wozu hot Ihne Ihre liebens=
wirdige Herrschaft diesen Wandschank benutzt?

Mariane. Sie verwahrt ihre Kleider darin.

Hampelmann (für sich). O glicklicher Wandschank! (laut):
for meiner Frää ihre Kläder megt er wohl ze klän sein — dann

die hot e formidable Garderob — Net wohr, Adelheit, Dein
Garberob is bedeutend? — Un die Ermel nor allän — Was
bähtst de denn in den Wandschank, wann er Dein wär?

Mad. Hampelmann. Ich müßte doch erst wissen,
wie tief er ist.

Hampelmann. Richtig. — Des wolle mer gleich wisse.

Mariane (für sich). Umstände machen Sie gerade nicht!

Hampelmann (öffnet den Wandschrank, sieht den jungen Mann
darin, erschrickt, und sagt halb leise): Bitte dausendmal um Ent=
schuldigung, wenn ich Se incommodire! —

Carl (mit erstickter Stimme): Aber Herr —

Hampelmann. Scht! ich kann schweije. (Er schließt die
Thüre des Wandschrankes zu, und zieht in der Zerstreuung den Schlüssel ab.)

Mad. Hampelmann. Nun, ist er tief?

Hampelmann (mit dem Schlüssel spielend, für sich): Die
Wandschenk — des is e Warnung, des kennt ähm aach bassiere.

Mad. Hampelmann. Nun, so antworte doch! ist er tief?

Hampelmann. O! tief — tiefer, — wie ich gemeent
hab, un hot e scheen Mannshöh; awwer nix for Dich. — Es
hot uffgeheert ze regne — wann ääch net ganz — mer hawwe
ja en Barbeleh. — Komm Schatz! (Er führt seine Frau). Adieu,
Mamsell! Empfehle Se mich Ihrer Herrschaft. (Für sich): Der
Musje im Schank is ganz gewiß ääch e Kinstler — e Tenorist.
(Er schielt immer nach dem Wandschrank und stolpert an der Thürschwelle.)

Mad. Hampelmann. Na, Hampelmann, was machst
Du denn? Du stolperst ja.

Hampelmann (lacht): Hahaha! Hie leit der Musikant
begrawe, seegt mer im Sprichwort. — (Für sich): Es werd

wohl e Mufikant f e i n, der do ßinn begrawe leit! — (Laut):
Adieu! Adieu! (Mit seiner Frau ab.)

Scene 7.

Carl, im Wandschrank. **Mariane.** Bald darauf **Aurora.**

Carl (schreit im Wandschrank): Nun, macht mir endlich auf!
Ich halte es nicht länger aus.

Mariane. Was hör' ich? — Herr Neumann steckt im
Schranke! — (Sie läuft hin, um zu öffnen): Aber er ist ja ver-
schlossen — und kein Schlüssel daran.

Carl. Wie? — Kein Schlüssel? — so hat der Satans=
mensch ihn mitgenommen.

Aurora (tritt ein). Sind sie endlich fort?

Mariane. Fort, und der fremde Herr hat in der Zer=
streuung den Schrankschlüssel mitgenommen, nun kann ich Herrn
Neumann nicht heraus lassen.

Aurora. Mein Gott — aber wie konntest Du erlauben,
daß er den Schrank anrühren durfte!

Mariane. Er hat gar nicht um Erlaubniß gefragt,
der zudringliche Mensch! —

Aurora. Nun so eile ihm wenigstens nach, forb're den
Schlüssel zurück.

Mariane. Sogleich! (Will gehen.)

Carl (schreit): Das dauert mir aber zu lange. Können
Sie denn das Schloß nicht aufbrechen?

Aurora. Nicht möglich! Eile, Mariane, eile!

Mariane (geht eilig ab.)

Carl. Nun so schlage ich die Thüre mit den Füßen ein.

Aurora. Um des Himmels willen, Carl — wenn Jemand käme.

Mariane (kommt athemlos zurück). Fräulein — Ihr Bräu=tigam — er ist schon auf der Treppe!

Aurora. Ha! — Carl — wenn Sie je einen Funken Liebe für mich empfanden, so halten Sie sich nur noch wenige Minuten ruhig. Es gilt meine Ehre und mein Glück! —

Carl. Nun, es sei, aber fliege Mariane, hole den Schlüssel, sonst beschließe ich mein junges Leben in einem Wandschranke, und das wäre zu prosaisch. (Während Mariane eiligst abgeht und Aurora ängstlich den Kommenden erwartet, fällt der Vorhang.)

Drittes Bild.

(Ein reinliches, aber nicht sehr elegantes Zimmer bei Herrn Ganz.)

Scene 1.

Louise tritt aus der Seitenthüre, ihr folgen **Regine** und der Schneidergeselle. (Letzterer sehr bleich mit einem großen Schnurrbart.)

Louise (zu dem Schneider). Sie haben ihre Sache sehr gut gemacht.

Regine. Die Taille sitzt süperbe.

Schneider. Erlauben Sie gütigst — hier ist noch eine Quetschfalte, die werde ich wegstecken. (Faßt sie an der Taille und versteckt die Falte.)

Louise. Sie arbeiten meisterhaft, nun ist mir's auch erklärlich, warum die hiesigen Meister Ihnen so sehr auf der Ferse sind.

Regine. Wann Se von der Vollezei gefragt wern, ob Se Puscharweit gemacht hätte, so kenne Se keck sage: Nän, dann die Arweit kann sich vor Jedermann sehe losse.

16

Louise. Und wenn sie wieder kommen, lieber bester Herr Friedrich, mir mein Brautkleid zu machen, schließen wir Sie dreifach ein, damit Sie ganz sicher sind.

Schneider. Ich würde gerne das Kleid an einem sichern Ort außerhalb machen, allein es ist so eine Sache mit dem Anprobiren, wenn man da nicht stets zur Hand ist — eine gemessene Taille und eine auf den Leib gepaßte — — wie Tag und Nacht.

Regine. Gott! ich glab es kimmt Jemand erein.

Schneider (versteckt sich plötzlich erschrocken hinter einem Tisch, oder sonst einem Möbel). Geschworne?

Regine. Es war in der Kich! Ich will emol gucke. (Sieht zur Thüre hinaus) Es ist nir. So! jetzt kenne Se gehn.

Schneider (eilig). Gehorsamer Diener.

Regine. Halte Se, do guckt Ihne noch e Moos dem Sack eraus — wann des gesehe werd, do is ja bewisse, daß Se gepuscht hawwe.

Schneider (ab).

Louise. Wie findest Du meine Frisur?

Regine. Pumpees. Awwer e bissi zu viel Blume un Kämm.

Louise. Mein Gott, an einem Tage, wo man den künftigen Gatten empfangen muß.

——— ———

Scene 2.

Vorige. Herr Ganz.

Ganz (aus dem rechten Nebenzimmer kommend). Ei, Ei, Louis-
chen, Du tränbelst hier herum und die Gesellschaft da drinnen
fragt nach Dir. — Recht charmant — siehst Du aus. — Nun
Kind, ich brauch Dir wohl nicht erst einzuschärfen, daß Du Dich
recht liebenswürdig gegen Deinen Zukünftigen benimmst, und
ihm gleich mit einem freundlichen Gesicht entgegen gehst?

Scene 3.

Vorige. Mad. Ganz. Gleich darauf Herr Wackelmann und die Gäste. Herrn und Damen.

Mad. Ganz. Aber um Gotteswillen, wo nur der Hübner mit dem Bräutigam bleibt? — Die liebe Verwandtschaft
fängt an bedeutend Appetit zu verspüren. Ich kann sie kaum
mehr im Zaume halten. — (Zu Louise): Louise, ne soyez pas
si plié — tenez vous droit — avez vous jamais vu ainsi
quelque chose à votre mère — poitrine dehors, taille de-
dans — comme ça. (Sie richtet sie.)

Herr Wackelmann (tritt auf mit den Gästen, mehrere Herrn
und Damen). Hierher, hierher, meine Herrn und Damen! Mer
wern doch endlich erfahrn, woran des hengt, daß mer nix ze
esse kriese. — Awwer, lieber Herr Schwager, sage Se mer nor,

16*

wo ſtickt dann dein künftiger Schwigerſohn; Schond bei der
Braut? He?

Herr Ganz. Nein, er iſt noch nicht hier.

Herr Wackelmann. Ei, ei, der läßt lang uff ſich
warte — bei mir hot's ſchond lang ze Mittag geläut. (Er klopft
ſich auf den Bauch.)

(Es klingelt draußen.)

Ganz. Es klingelt eben, — das wird er ſein.

Wackelmann. Nun Gott ſei Dank!

Louiſe. Endlich!

Scene 4.

Vorige. Herr Hübner.

Hübner. Gehorſamer Diener meine Damen und Herrn!

Ganz. Wie, Herr Hübner, Sie kommen allein? und
der junge Neumann?

Hübner. Iſt er denn noch nicht hier?

Ganz. Mit keinem Auge haben wir ihn geſehen. Ei,
dieſes Ausbleiben kommt mir ein wenig ſonderbar vor.

Louiſe. Es iſt ihm vielleicht ein Unfall begegnet?

Mad. Ganz. Haben Sie ihm denn nicht ausdrücklich
geſagt, daß wir punkt Eins zu Tiſche gehen wollten?

Hübner. Was fällt mir ein — ich trage die Schuld.
Ich beſtellte ihn zu mir — da ſitzt er und wartet, bis ich ihn
abhole.

Wackelmann. Ei, ei, ei! un deswege miſſe mer hungern?!

Hübner. Bitte tausendmal um Verzeihung — ich laufe es ist ja in der Schnurgasse — gleich bin ich wieder zurück. (Er geht eilig ab.)

***

Scene 5.

Vorige. (Ohne Herr Hübner.)

Ganz. Das ist doch ein wenig zu arg von dem Hübner — läßt den Bräutigam in seinem Hause sitzen!

Louise. Der arme junge Mensch! die Sehnsucht mag ihn gewaltig quälen.

Wackelmann. Wann se ihn so plagt, wie mich der Hunger, dann bedaur ich en.

Mad. Ganz. Das traurigste ist dabei, daß die Speisen verkochen, unschmackhaft, vielleicht ungenießbar werden.

Wackelmann. Ach, do sei Gott vor. (Es klingelt wieder draußen.)

Ganz. Horch! schellt's da nicht wieder.

Mad. Ganz. Ja — Er wird's nicht haben aushalten können — hat sich allein auf den Weg gemacht! — Ja, ja, er ist's! — (In ein Nebenzimmer rufend): Regine, bring rasch die Suppe! —

Wackelmann. Des war e Wort zu seiner Zeit! — Allons meine Herrschafte, stelle se sich in Schlachtordnung — mer wollenen feierlich empfange.

Alle (stellen sich erwartend gegen die Thür).

***

Scene 6.

Vorige. Herr und Mad. **Hampelmann;** dann **Regine,** welche die Suppe über die Bühne trägt.

Hampelmann. Gehorsamer Diener allerseits! — (Er hat den triefenden Regenschirm in der Hand, von dem das Wasser auf den Fußboden läuft.) (Allgemeines Erstaunen.)

Wackelmann (zu Herrn Ganz). Wer sinn die Leut? — **Ganz.** Ja, ich kenne Sie nicht.

Hampelmann (zu Regine, welche mit der Suppe über die Bühne geht, schnuppernd). Jungfer! Jungfer, Ihne Ihr Supp is ange= brennt. Sie hawwe gewiß in der Kich mit dem Merterborsch gebabbelt.

Wackelmann. Was? die Supp is angebrennt?!

Hampelmann Merkwerdig angebrennt; ich hab's schond uff der Steeg geroche. Ich versteh mich uffs rieche — ich kennt sogar Riecher häße.

Ganz (verdrießlich). Was steht zu Ihren Diensten, mein Herr?

Hampelmann. Des Logis is zu vermiethe? Der Haus= herr — der Herr Klebscheib schickt uns eruff — daß mersch ansehe — un do bin ich so frei — un bitte — wenn Sie's erlawe um Verzeihung, wann mer incommodirn sellte, odder ungelege kemte.

Mad. Hampelmann (knixt).

Wackelmann (für sich). Ja, verdammt ungelege.

Ganz (gezwungen höflich). O — ganz und gar nicht.

Hampelmann. Awwer doch — ich sehe, Sie hawwe

hier e Familie=Esse — Es ist interessant, mer sieht's dene Herr=
schafte an, daß se zu äner Familie gehere, viel egale Nase
(schnuppert) Awwer here Se, ich glab, ich hab die feinst Naas,
dann ich bariere, net allän die Supp is angebrennt, sonnern
aach der Brote — es riecht ganz vermaledeit brenzelicht.

Wackelmann. No, dann kenne mer faste!

Mad. Ganz (verdrießlich). Sie können sich doch wohl
irren, mein Herr.

Ganz (der mißbehaglich auf Herrn Hampelmanns triefendes Paraplüe sah).
Wenn Sie mir Ihren Regenschirm erlauben wollten, könnte
man ihn draußen auf dem Vorplatz aufspannen.

Hampelmann. Bitte, bitte, incommodire Sie sich net
— ich wern selbst so frei sein. (Er spannt den Regenschirm auf, und
stellt ihn mitten auf das Theater.)

Ganz (kopfschüttelnd). Hm! Hm! Wenn's Ihnen nun
gefällig ist, mir zu folgen — die Wohnung zu besehen —

Hampelmann. Mit Vergnige — Setz Dich Adelheit,
ich komme gleich widder. (Er geht mit Herrn Ganz ab.)

Mad. Ganz. Ich sollte meinen, Madame, der Regen=
schirm würde sich vor der Thüre viel besser ausnehmen, als
hier mitten im Zimmer. — (Sie hebt ihn auf) Es ist ein förm=
licher Bach entstanden, und zu einer Badeanstalt sind wir hier
nicht ganz eingerichtet.

Mad. Hampelmann. Mein Mann ist auch so unde=
likat — ich bitte —

Mad. Ganz (ruft nach der Thüre). Reginche!

Regine (von innen). Gleich Madame. (Kommt heraus) Was
soll ich?

Mad. Ganz. Trag einmal den Regenschirm hinaus.

Regine. Es is kän Stub sauber ze halte, un wann mer sich todt reibt. En Barbeleh in der Stub ablafe ze loffe! *(Sie geht mit dem Regenschirm ab.)*

Scene 7.

Vorige. Herr Ganz mit Herrn Hampelmann zurückkehrend.

Hampelmann. Richtig — ganz richtig! Sie hawwe an der Eck gewohnt an der Kannegießergaß, wo der Spengler Raffel sein Lade hat, un ich drei Heiser weiter, bei dem Berschtebenner.

Ganz. Liebe Frau, der Herr hat uns gekannt, als wir noch unsere Lyoner Seidenwaaren-Niederlage hatten.

Hampelmann. Ja, ich hab mer emol zu ere West bei Ihne kaaft — wähste Abelheit — die chang chang mit dene rehfarbigte Sträfe — — und mit einem gewissen Ganz war ich emol in Correspondenz in Elwerfeld.

Ganz. Ei, in Elberfeld? Das war der Vater meiner Frau.

Hampelmann. Erlawe Sie — deß is doch net gut meglich — ich sag Ihne ja, der Mann hat Ganz gehäse wie Sie.

Ganz. Ganz recht; ich habe meine Cousine geheirathet — meine Frau ist eine geborne Ganz.

Hampelmann. Ach — Sie finn e geborne Ganz, ja, dann werd die Sach klar — So, so, so, also der Ganz

in Elberfeld war Jhne Jhr Herr Vatter. — Hat er sich dann
widder e bissi eraus gemacht?

Mad. Ganz. Herausgemacht? wie so? —

Hampelmann. No, er war ewe vor Acht Jahr gewal=
tig uff'm Hund — des Bankerottche war net iwwel.

Mad. Ganz (betroffen). Mein Herr, Sie irren sich.

Hampelmann. Gott bewahre; Friedrich Ludwig Ganz
in Elberfeld — ich hab ja mit em ze thun gehabt — ich wähs
er hot finf un dreißig Prozent gebotte, wann ich Jhne sag,
er war so erunner, daß kän Hund, kein Stick Brod — —

Die Gäste (zischeln untereinander).

Mad. Hampelmann. Hampelmann, — Du bist heut
über alle Begriffe indiscret —

Mad. Ganz (will das Gespräch ablenken). Wie finden Sie
das Logis?

Hampelmann. Oh, net iwwel, — e bissi dumpfig; es
werd wohl net ordentlich uffgewäsche und gelüft?

Mad. Ganz (für sich). Das iß ja ein unausstehlicher
Grobian!

Hampelmann. Des Zimmerche hier, werd sich recht
gut mache, wann des Möbel e bissi besser wär.

Wackelmann (zu Ganz halblaut). Dunnerwetter! schmeiß
doch den Kerl der Thier eraus!

Ganz (ebenso zu Wackelmann). Du hast Recht! (Laut zu Hampelmann): Mein Herr, Sie erlauben sich —

Scene 8.

Vorige. Mariane.

Mariane. Nein, nun kann ich's nicht länger aushalten, bitte um Verzeihung, meine werthe Herrschaften —

Hampelmann. Ah! do is ja des Kammerkätzche der englische Sängerin.

Mariane (zu Herrn Hampelmann). Ich sah Sie von weitem hier ins Haus gehen, und wartete unten vor der Thüre auf Sie; da Sie aber gar nicht zurück kamen, war ich so frei einzutreten.

Hampelmann (leise und eitel zu ihr). Hawwe Sie vielleicht etwas von Ihne Ihrer einzige himmlische Herrschaft ebbes an mich auszerichte?

Mariane. Ich komme, um mir auf der Stelle den Schlüssel zurück zu erbitten.

Hampelmann. Welchen Schlissel?

Mariane. Den Schlüssel vom Schrank! — Sie allein können ihn mitgenommen haben.

Hampelmann. Was dann for'n Schank — zum Deiwel — ich wähs net wie Sie mer vorkomme?

Mariane. Mein Gott, den Schrank, in welchen Sie den armen jungen Mann eingeschlossen haben.

Hampelmann (für sich). Ach verflucht! (Zu Marianen): Scht! scht! (Laut): Ich hab awwer kän Schlissel mitgenommen — Wie komm ich mer vor?

Mariane. So suchen Sie doch nur in Ihren Taschen.

Hampelmann. Sag emol, Adelheit, haft Du ebbes gesehe, daß ich en Schlüffel mitgenommen hab?

Mad. Hampelmann. Kapabel bist Du's! Bei Deiner Zerstreutheit —

Mariane (dringend). Suchen Sie, suchen Sie — der junge Herr muß ja erfticken!

Hampelmann. Awwer, liebes beftes Frauenzimmer, wann ich Ihnen awwer fage. (Er fucht in allen Tafchen den Schlüffel.) Hollah! is es vielleicht der?

Mariane (reißt ihm den Schlüffel aus der Hand). Nun freilich — Gott sei Dank! — (Sie rennt fort.) Bitte taufendmal um Verzeihung! — (Ab.)

Hampelmann (lacht). Ha! ha! ha! — des is e merkwürdiger Uhz.

Wackelmann. Des scheint mer fo ein erz koriofer Patron zu fein.

Hampelmann (lacht). Tod kennt mer sich immer fo e Geschicht lache — un wann mersch in drei Woche noch einfällt, fe wern ich lächerlich — des gibt ebbes ze verzehle.

Mad. Ganz. Wie, mein Herr, Sie schließen die Leute in Schränke ein?

Hampelmann (lacht). Ich fag Ihne, zum krepire! un mein Frää hot aach net e bifsi was gemerkt, ha, ha, ha!

Alle. Aber was ift dann geschehen?

Hampelmann. Des mifse Se höre! Mein Frää und ich, mer hawwe die Wohnung von ere Sängerin befehe, die ze vermithe war.

Wackelmann. Wer? die Sängerin odder die Wohnung?

Hampelmann. Sie misse mich awwer aach net unner=
breche, sonst kann ich's ja net verzehle. No korz un gut, mein
Frää meent, sie hätt kän Jdee zu dem Logis — awwer in
dem Schlofzimmer obber besser gesagt in dem Boudoire der
Sängerin hat mersch zu gut — gefalle —

Mad. Hampelmann. Awwer ich bitte Dich! —

Hampelmann. Was is dermeh? ich bin e gefühl=
voller Mensch — die Umgebung — des Feenhafte der Meubles
— des Wolkenhafte von de Vorhäng — korz, wie ich mich
dann so umsehe, entdeck ich linker Hand en geheime Wand=
schank. Ich denke bei mir selbst; Sieh emol, der Wandschank,
der is net for die Katze do, un wie ich so sein Volumen aus=
messe will, mach ich en uff, und stoß uff was, uff was awwer
meene Se, daß ich gestoße bin — hot mer der junge Herr e
Gesicht geschnitte, dieser jeune homme, wie er mich erblickt
hat. — En Gesicht sag ich Jhne, — e Gesicht, verehrtester
Herr Ganz — (er sieht ihn dabei scharf an) e wahres Deiwelsgesicht.

Ganz. Aber welcher junge Herr?

Hampelmann. Ja, kenn ich en dann? Zum ersten
Mol hab ich en heunt gesehe.

Mad. Ganz. Wo denn?

Hampelmann Ich sag Jhne ja, in dem bewußte
Schank; da stack er drinn.

Ganz. Im Schranke? Was that er denn da?

Hampelmann. Ja, des froge Se ihn selbst. — Wahr=
scheinlich — is er enein gewitscht, wie er mich hat komme
höre und hernachender in der Distraction zieh ich den Schlüssel
ab — un laß den arme Schelm drinn zappele.

Mad. Ganz. Pfui, mein Herr, schämen Sie sich! wie können Sie im Kreise einer ehrbaren Familie eine so scandalöse Geschichte erzählen! Sehen Sie denn nicht meine Tochter?

Hampelmann. Ah! ah! ja, in der That, Madame Ganz, Sie hawwe ganz recht — Sie sind eine sehr wohlgezogene Mutter von ere Mama. Ich hab aach ze Haus aach so e Tochter — en sanftes bescheidnes Mädchen, ganz wie ihr Vatter, den ich die Ehr hatt nicht ze kenne; in der Haushaltung vortrefflich — natürlich unter den Fittiche ihrer Mutter.

Scene 9.

Vorige. Regine. Bald darauf Carl Neumann.

Regine (eintretend). Alleweil komme der Herr Neumann; er hat gleich nach dem Herrn Hübner gefragt.

Ganz. Er kommt! nun Gott sei Dank.

Wackelmann. So wer'n mer endlich ze Tisch komme.

Carl (tritt ein und verbeugt sich). Meine Herrn, meine Damen, ein seltsames Mißverständniß —

Hampelmann (erkennt ihn). Ei, ei — des is ja mein junger Herr. Willkommen! willkommen, sehr angenehm! glücklich aus dem Schank? ha, ha, ha!

(Allgemeines Erstaunen.)

Ganz. Wie? das wäre? —

Hampelmann. Des is — des is mein Schankmenncha!

Alle. Ist's möglich!

Carl (sehr verlegen): Mein Herr! —

Hampelmann. Ha, ha, ha! Sie nemmen's doch net iwwel, daß ich den Schlüffel mitgenomme hab — es war pure Zerstreuung! Ha, ha, ha!

Ganz (ernst). Lachen Sie nicht, Herr, bei dieser höchst ernsthaften Sache. — An Ihrer Verlegenheit, junger Mann, sehe ich nur zu deutlich, daß die Erzählung jenes kuriosen — Herrn die reine Wahrheit ist. Sie werden begreifen, daß nun an eine Verbindung zwischen Ihnen und meiner Tochter nie mehr zu denken ist.

Carl. Mein Herr — ich —

Louise (für sich): Schade um den hübschen jungen Menschen.

Carl (zu Herrn Hampelmann): Diese Beschämung verdanke ich Ihnen, mein Herr! — (Zu Herrn Ganz): Ich gehe, weil ich fühle, wie peinlich mir und Ihnen mein längeres Verweilen werden würde! — (Zu Hampelmann): Wir Beide treffen uns schon noch! — (Geht ab.)

Hampelmann. Wahrscheinlich — zu diene — is wohl möglich — uf der Mänluft odder im Weldche.

Mad. Ganz. Das kommt davon, wenn man unberufene Friedensstörer so lange in seinem Hause duldet, ohne —

Hampelmann. Liebe Madame Ganz, — erlawe Se, ich bin sehr friedfertiger Natur, und wenn ich gestört hab, so is vielleicht meine Redsprechigkeit — —

Mad. Hampelmann. Ja indiscret ist mein Mann, auf eine unbeschreibliche Weise; — hätte der junge Mensch in meinem Wandschrank gesteckt, er würde es Ihnen auch erzählt haben.

Ganz. Solche Leute sind schädlich, ohne Nutzen zu bringen. Ich empfehle mich Ihnen, mein Herr!

Hampelmann. Ebenfalls mein hochzuverehrender Herr Ganz!

Louise (zu Herrn Hampelmann): Sie sollten sich schämen, mein Herr, einen solchen Bräutigam finde ich sobald nicht wieder.

Hampelmann. Liebes Engelche! wann ich was derzu beitrage kann — mit meim Lewe, mit meiner Person Ihne en annern — — —

Wackelmann. Wann dorch Ihre Schuld die iwrige Speise aach verdorwe sinn, Männche, dann hawwe Se's mit mir ze thun.

Hampelmann. Daß der Brote schond verbrennt war, dafor steh ich Ihne.

Mad. Ganz (sehr böse). Nun mein Herr, werden Sie endlich gehen!!

Hampelmann. Ach! Sie wollen allein sein? schön, schön! Familienroth — Hm, schön — Nun, es war mir außerordentlich angenehm, bei dieser Gelegenheit ihre persönliche Bekanntschaft gemacht gehabt ze hawwe. Wege dem Logis — da loß ich Ihne morje Antwort sage. — Komm, Frää. — Empfehle mich bestens (im Abgehn sich wieder zur Gesellschaft kehrend): Des misse Se awwer doch selbst sage, merkwerdig lächerlich war die Geschicht! No, no, petz mich doch net, Adelheit — sie war lächerlich — deß loß ich mer net nemme. Ha, ha, ha! (Mit seiner Frau ab.)

Viertes Bild.

(Carl Neumann's Zimmer mit einer Mittel- und Nebenthür. Rechts ein Fenster.)

Scene 1.

Carl (allein, tritt athemlos durch die Mitte ein). Das ist ein Tag! — Von einer Folter auf die andere! — Aus der Heirath wird nichts, das sehe ich nun wohl klar! Das hab ich dem drolligen Patron zu verdanken — und er verdient wirklich meinen Dank, denn er rettet mich von einer Verbindung, die mein Unglück gemacht haben würde. — Seltsam! mein Leichtsinn scheint überwunden, mein Herz in wahrer Liebe gefesselt zu sein. — Zu ihr zieht es mich unaufhaltsam hin. — (Er tritt ans Fenster) Da ist sie! sie steht am Fenster — harret mein! — (Er öffnet das Fenster.) Ein liebliches, unschuldiges Wesen! — Aber wie? — sie scheint traurig! — was mag ihr fehlen? ich muß es wissen! — (Er ruft zum Fenster hinaus): Himmlisches Mädchen, kann ich nicht erfahren — Sie geht vom Fenster. — Was ist geschehen! — Hier gilt's einen raschen Entschluß; — allein ist sie — ich gehe hinüber — erwidert

sie meine Liebe, halte ich bei ihren Eltern um sie an. —
Horch! — Lärmen auf der Treppe! hat der Satan vielleicht
wieder einen Gerichtsdiener hergeführt, um mich in meinem
Rendezvous zu stören.

Hampelmann (klopft von außen an der Seitenthüre).

Carl (ruft): Wer da?

Scene 2.

Vorige. Herr und Madame Hampelmann.

Hampelmann. Is erlaubt? In der Nachricht steht
des Logis zu vermiethe —

Carl. Wa — was sehe ich — das ist ja mein Ver=
folger!

Hampelmann. Is es möglich — mein junger Herr! —
(Singt): Sein Se mer zum drittemol willkommen.

Carl. Herr, jetzt bitte ich mir denn doch eine peremp=
torische Erklärung aus! Haben Sie die Absicht mich zu ver=
folgen, oder mich zum Narren zu halten? Keins von beiden
würde ich dulden!

Hampelmann (verlegen). Da hawwe Se vollkomme
recht, so was braucht mer sich net gefalle ze losse.

Carl. Sie sind ein drolliger Herr! Es lohnt sich kaum
der Mühe ernstlich böse auf Sie zu werden. Aber sagen Sie
endlich: Was wollen, was verlangen Sie von mir? Suchen
Sie mich aufs neue in irgend einem Vorhaben zu hindern?

17

Sind Sie noch nicht malitiös genug gegen mich gewesen? — Nun? Sie antworten nicht? Donnerwetter, Herr, warum sitzen Sie mir unaufhörlich auf der Ferse?

Hampelmann. Um Gotteswille, sehe Sie denn net, daß ich selbst driwwer ganz consternirt bin? — ganz ähnfällig perplex. — Ich wähs gar net, ob ich e Bibche odder e Mebche bin —

Carl. Sie haben also die Wuth zu aller Welt in die Zimmer zu bringen, wie ein Subscribentensammler.

Hampelmann. Wie e Suschkriwenbesammler — gut gewwe — So wahr ich leb — heerst des Abelheit — Awwer junger Herr, duhn Se mer den Gefalle un sage des Wort noch emol — awwer — da zu der Perschon, ihr ins Gesicht, dann sie bringt mich in all die Fatalitäte, mit ihr'm Logisgesuchs.

Carl. Ich verstehe Sie nicht.

Mad. Hampelmann Die Sache ist ganz kurz die: wir suchen eine Wohnung; die Ihrige soll zu vermiethen sein, wie uns der Hausherr sagte, also —

Hampelmann. Also bitte mer um Erlaubniß, die Wohnung im Detalch sehe zu derfe; gütigst zu erlawe.

Carl. So, so, so, so! — Ja, das thut mir leid, ich selbst habe dazu keine Zeit, muß einen nothwendigen Gang machen, an dem sie mich hoffentlich nicht hindern werden. (Leise zu Herrn Hampelmann): Zu einem herrlichen Mädchen von guter Familie, naiv, unschuldig, sittsam —

Hampelmann. Un bescheide; grad, wie Dein Tochter; eine tichtige Hausfrää, natürlich, unter den Fittiche ihrer Mutter uffgewachse. —

Carl. Ich sage Ihnen, ein Engel; laffen Sie sich sie beschreiben —

Hampelmann (leise). Piano, Pianissimo, Sie junger Hitzkopp mit Ihrer Beschreibung, mein Frää is als emol eiferfüchtig.

Carl (laut). Damit Sie sich aber nicht umsonst bemüht haben, so bleiben Sie hier, besehen Sie das Local von hinten und vorn, und wenn Sie befriedigt sind, verschließen Sie gefälligst die Thür, und geben den Schlüffel unten beim Haus=knecht ab. Ich empfehle mich bestens! — (Geht ab.)

Scene 3.

Herr und Madame Hampelmann.

Hampelmann. Guck emol an! des is ja e ganz merk-würdiger junger Dausendsasa! Nachdem, was zwische uns vor-gefalle is, hot er die ungeheuer Fidutz und läßt uns in seinem Eigenthum schalte und walte — wie mer nor wolle. — Daß die Heirath in die Brüch gefalle is, des scheint em gar net stark im Kopp erum ze gehn — er is ganz fideel — Ei nu, er hot ewens e anner uff em Strich.

Mad. Hampelmann. Ach, was brauch ich das zu wissen. — Laß uns das Logis besehen.

Hampelmann. Ja, ja, mein Schatz. (Er öffnet die Sei-tenthüre und sieht in ein anstoßendes Zimmer). Es is awwer gar kän itwwler junger Mann — recht feurig — es scheint die ääch

17 *

dichtig ze rääche — Gott im Himmel, die Baumääster finn doch des Deiwels — un wann se Alles kenne, so wisse se nix fors rääche — wähs Gott die Vorhäng sinn quittegelb dervon.

Mad. Hampelmann. Ach warum nicht gar, sie sind gelb von Natur.

Hampelmann. Wie Du — (bustet) wie Du meenst mein Schatz! Sich e mol, wie elegant. — Drimo=Spichel un e Allabaster Uhr —

Mad. Hampelmann. Und eine Mahagoni=Bettstelle, mit Bronze verziert.

Hampelmann. Alles Bronze, nix wie Bronze — ich gläwe wähs Gott — des Kluft= un Schipp=Gestell is aach von Bronze — Lampe von Bronze, Vorhangsring von Bronze Matrazze von Bronze — von Roßhaar wollt ich sage — — Gott im Himmel — was so junge Schlingel for e Lewe führe — wie e Nebucadnezer — Alleweil hab' ich's, ei, ich wußt doch, daß sich an dem Logis aach e Fehler finne werd!

Mad. Hampelmann. Nun, welchen denn?

Hampelmann. Ich dachte schon so bei mir selbst; torios, daß mer an dem Logis kän Fehler finne; un uff ähn=mol hab ich ehn — un, wie! die Schlafstub liegt nach Norde.

Mad. Hampelmann. Aber nun bitte ich Dich, was schadet das? —

Hampelmann. Ferchterlich viel. E Schlafstub, ohne die Sonneseit — des is ja e Loch — Um kän Preis der Welt deht ich da drinn schlofe. —

Mad. Hampelmann. Du bist ein Narr!

Scene 4.

Vorige. Aurora. Mariane.

Aurora (tritt mit Marianen durch die Mittelthüre ein und erschrickt)
Wie? fremde Leute hier?

Hampelmann (entzückt). Alle Dei — verzeihe Se —
was seh ich — Sie hier, Nachtigall — Königin des Gesangs;
(sehr scharmant). Is es vielleicht erlaubt ze frage — ohne unbe=
scheiden ze sein — versteht sich, was for e Ursach, Sie uff des
Zimmer von eme ähnzelne Herre führt?

Mad. Hampelmann (zu Aurora). Ich bitte, Madame,
die Worte meines Mannes nicht auf die Wage zu legen, er
ist heute verrückt!

Mariane (zu Aurora). Ja, das ist wahr!

Hampelmann. Adelheit — sei so gut und halt dein
Mäulche! Dieser Stern erster Größe am Opernhorizont, wird
sich herablasse, mir zu antworten.

Aurora. Ich muß es wohl, um mich von einem Ver=
dacht zu reinigen. Der junge Mann, der hier wohnt, hat mir
die Ehre erzeigt, mich oberflächlich anzubeten; er hat ein treff=
liches Herz, und wird bald von seiner Schwachheit geheilt sein.
Sie erfuhren bereits, daß ich mich in London verheirathen
werde; heute Abend reise ich mit meinem Bräutigam dahin ab.

Hampelmann. Heut' Abend schond?! Recht! Sie misse
gewiß morje früh um sechs Uhr im Dampfschiff in Mainz
sein. — Geht's mit der Concordia — odder mit dem Prinz
Friedrich Wilhelm — odder mit dem Prinz —

Aurora (schnell die Rede coupirend). Ich versprach dem jungen Neumann ein Andenken — ich glaubte ihn nicht zu Hause — wollte es heimlich auf den Tisch legen — hier mein Bild. —

Hampelmann. Ah! Ah! E Rarität von Aehnlichkeit, wie ähn Droppe Wasser dem annern. (Sehr galant.) Aber die= sem ohnerachtet bleibt die Copie sehr weit hinter dem Orchenal (Original) zerück.

Aurora (lächelnd). Sie sind sehr galant, mein Herr!

Hampelmann (für sich). Sie hat gelächelt! Ich habe se lächerich gemacht. — Sie muß wähs Gott e Aag uff mich hawwe. Aber still — mein Frää (halblaut zu Aurora): Auf wel= chem Theater des engelennischen Londons, werden Sie Ihre Flötentöne zuerst töne lasse?

Aurora (lächelnd). Ja, das weiß ich noch nicht

Hampelmann (für sich). Der Deiwel, sie lächelt als noch!

Mad. Hampelmann (verdrießlich). Ach, was geht denn das Dich an.

Hampelmann. Frää ich bitt' Dich! — (Zu Aurora): Hör'n Sie sie nicht an — ich bitte drum — E — die e — London — wollt ich sage, is eine sehr schöne Stadt. — Alles spricht eng= lisch dort, sogar ganz gemäne Leut und Kinner. — Viel Damp — Nebel. — Wo werden Sie dann hin je wohne komme? Ins Oberhaus oder ins Unnerhaus?

Mad. Hampelmann. Hampelmann, Dein Betragen ist unverantwortlich.

Hampelmann. Ich bitte dich Adelaide.

Aurora (zu Madame Hampelmann). Ich bedaure die un= schuldige Ursache dieses Auftrittes zu sein! —

Mad. Hampelmann (weint). O, das ist so seine Art. Immer erniedrigt er mich vor fremden Leuten.

Hampelmann. Flenn net, ich bitt' Dich. — Du wähst, Du bist net schön, wann de flennst. Ze Hauf', do flenn ad libitum.

Aurora. Ei, mein Herr, wer wird so unzart sein!

Hampelmann. Hohe Kinstlerin, kann ich anders? Sie verbittert mer das Lewe mit Eifersucht.

Aurora. Ich will nicht länger ihren häuslichen Frieden stören, und mich entfernen. Haben Sie die Gefälligkeit, dieses Porträt Herrn Neumann zuzustellen, und mit ihm mein Lebe= wohl. Er sieht mich nie wieder.

Hampelmann (nimmt das Portait und küßt es). Dieß Bild= niß ist bezaubend schön. — Oh, warum treten Sie in den heiligen Stand der Ehe — Huldgöttin!

Mad. Hampelmann. Hampelmann, willst Du noch nicht aufhören.

Hampelmann (dringender zu Aurora). Giebt's eine Heirath aus Liebe? Inklinäschen! wie der Engelenner segt.

Aurora. Aus Liebe, mein Herr, und ich wünschte, daß Sie dasselbe Motiv geleitet hätte! — (Mit einem Blick auf Madame Hampelmann).

Hampelmann. Wie war des?

Aurora. Adieu! (Sie geht mit Marianen ab).

Hampelmann. Adieu, Göttin!

Scene 5.

Herr und Madame Hampelmann.

Mad. Hampelmann. Wenn ich mich nicht schämte, so fiele ich in Ohnmacht — mir ist ganz schwach — es ist zu arg mit Dir, Hampelmann. (Sie sinkt auf einen Stuhl.)

Hampelmann (bemerkt es nicht und geht jubelnd auf und nieder). Aus Liebe, und sie winscht, daß mich dasselbe Motiv geleitet hätte! Das war ziemlich deutlich. — Ich hab' ihren Beifall! — Ich muß er gefalle hawwe. Ja, in den Gusto der Weiber sinn sich der Deiwel. — Ich, so e Capricche for Se — (seine Frau erblickend) Schätzi — was is der dann! (Nimmt sie bei der Hand.) Frää! munter, Allegro!

Scene 6.

Vorige. Ein Pedell.

Pedell (in bürgerlicher Kleidung erscheint in der Seitenthüre für sich). Nu, da ist er ja! mein College konnte ihn nie treffen! ich habe ihn gleich erwischt! Der wird Sonica Colle geschleppt. Aber pfiffig muß ich's machen, damit er gutwillig mitgeht. — — (Er hustet). Hm! hm!

Hampelmann (der mit seiner Frau beschäftigt war, sieht sich um). No? schond widder äner. — Jetzt Adelheit, mach' kän' Sache, un steh uff. —.

Mad. Hampelmann. Geh! Abscheulicher!

Hampelmann. Alleweil redd' se widder.

Pedell. Mein Herr!

Hampelmann. Was steht ze Befehl.

Pedell (winkt ihm geheimnißvoll). Unten wünscht Sie Jemand zu sprechen.

Hampelmann. Wie? Dunnerwetter — (er hält dem Pedellen den Mund zu) scht! Freind! scht! (für sich): des is heilig mein Sängern — sie hat e Aag uff mich — was e riesemäßig Glick! Ich hab's gleich gemerkt, daß ich er nicht unangenehm war. — Ja, so e Sängerin, sie is ganz annerscht, wie die annern Frauenzimmer, gleich hawwe se ähm am Sääl (zum Pedellen): komme Se, Sie Postillon d'Amour. (Er geht auf den Fußspitzen bis zur Thür.)

Mad. Hampelmann. Nun, und ich? Bleib ich vielleicht allein?

Hampelmann. Natur! — Beguck der eweil des Logis, ich bin beAgeblick widder do. (Singend im Abgehen): Bei Harems Schönen (Kalif von Bagdad) (mit dem Pedellen ab).

Mad. Hampelmann. Er ist toll! rein toll! mich hier allein zu lassen!! —

Hampelmann (draußen). Ei, ei, Freind Hibner! Du hier!? Excellent! excellentissime — drinn sitzt mein Frää, Du kannst ihr Gesellschaft leiste!

Scene 7.

Herr Hübner. Madame Hampelmann.

Hübner (noch draußen, ihm nachrufend). Aber warum gehst Du denn fort? — wohin läufst Du denn so eilig? — (eintretend): Meine beste Madame Hampelmann! Sie hier? Welch ein sonderbarer Zufall! Ich suche hier meinen jungen Freund, um ihn zu veranlassen, eine Uebereilung wieder gut zu machen, und finde Sie? Und allein! Was fehlt denn ihrem Manne?

Mad. Hampelmann. Der Verstand — das Herz — die Tugend — die Moral — er ist ein Scheusal, ein Unge= heuer, ein Kanibal! (sie läuft ans Fenster) Da — da steigt er ·in einen Wagen — er fährt fort, ihr nach! — o ich arme verlassene Frau!

Hübner. Ihr nach? — Wem?

Mad. Hampelmann. Einer Sängerin — einer Per= son, die ihn behext hat. Ach, ich bin zu schwach zum Umsin= ken, aber ich muß ihm nach — Ihren Arm — Ich prostituire ihn öffentlich — in seinen Jahren solchen Scandal zu geben — unerhört! (Sie tobt hinaus).

Hübner (folgt ihr erstaunt, Beide ab).

Fünftes Bild.

(Herrn Hampelmann's Wohnung wie im ersten Bild).

Scene 1.

Sophie. Carl Neumann.

Carl. So grausam wollen Sie sein! mich wieder weg-
schicken! haben wir uns doch kaum sagen können, daß wir
uns lieben.

Sophie. Das habe ich nicht gesagt! Himmelschreiend
ist es von Ihnen, die Abwesenheit meiner Eltern zu benutzen,
mich hier zu überfallen, mir zu sagen —

Carl. Daß ich Sie liebe, anbete! —

Sophie. Ja, wer's glaubt! wie vielen andern Mädchen
haben Sie das schon vorgeredet —

Carl. Ich that es, das ist wahr. Ich suchte nach einem
weiblichen Wesen, das durch Bescheidenheit, Sittenreinheit und
Anmuth mich fesseln könnte, ich suchte lange vergebens — jetzt
habe ich es gefunden; Sophia heißt mein Ideal!

Sophie. Sie schmeicheln zu viel — ich traue Ihnen nicht.

Carl. Wenn ich Ihnen zuschwöre, daß meine Worte
meine innigste Ueberzeugung aussprechen.

Sophie. Wie gerne möchte ich Ihnen glauben! —

Carl (feurig). Glauben Sie mir, und reichen Sie mir Ihre liebe Hand!

Sophie. Meine Hand? — die müssen Sie von mir nicht fordern — ich bin schwach — ich würde sie Ihnen vielleicht geben — selbst ehe Sie sie verdient hätten. —

Carl. O Sophie, was hör' ich — das Uebermaaß von Freude tödtet mich — Sie lieben mich — o besiegeln Sie diese Worte durch einen ersten Kuß.

Sophie. Nein, nein, nein, nein!

Carl. Himmlisches Mädchen — ich kann nicht widerstehen! — (Er umarmt sie trotz ihres Sträubens).

Hampelmann (öffnet in diesem Augenblicke die Mittelthüre).

Sophie (schreit und flieht ins Nebenzimmer).

Scene 2.

Hampelmann. Carl.

Hampelmann. Wa — wa — was Deiwel — muß ich sehen!

Carl (erkennt ihn, erstaunt). Schon wieder mein Plagegeist! (Für sich): Kein Zweifel mehr — es ist ein Exekutor des Gerichts, der mich arretiren will. — (Laut): Herr, was wollen Sie schon wieder von mir? — Erklärung! Erklärung!

Hampelmann. Soll Ihne mit uffgewart wern — un uffs Bindigste.

Carl. Verstellen Sie sich nicht länger, es wäre unnütz. Was thun Sie hier? Wie kommen Sie hierher.

Hampelmann. Wie ich hierher komme? Guck emol an! bin ich dann bei Trost? obber hab ich recht gehört?

Carl. Ich will auf das Bestimmteste wissen, ob Sie mir etwa zu Leibe wollen?

Hampelmann (wird böse). Ja, zu Leib will ich Ihne gehen, sehr zu Leib, bedeutend zu Leib! un des von wege dem, was mer Ihretwege bassirt is —

Carl. Ohne Umschweife zur Sache!

Hampelmann. En junger, so scharmanter Mann, den ich gleich so in Affection genommen hab, mit so eme coulante Exterieer — un hat — soll mer sage — des abscheuliche Laster Schulde ze mache!

Carl. Ach! endlich weiß ich, woran ich bin. Nun denn, Herr, so erkläre ich Ihnen, daß ich dieses Zimmer nicht ver=laffe. — (Setzt sich).

Hampelmann. Glääwe Sie dann im Geringste, daß ich Ihne die Thür weise wern? Halte Se mich vielleicht vor en Mann ohne Lebensart, der nicht einmal weiß, was Höflichkeit, et cetera — He! (Setzt sich auch.)

Carl. Ei, was Kuckuck, Herr! so drängt man sich nicht in anständiger Leute Zimmer — denn Sie sind hier in anständiger Leute Zimmer.

Hampelmann. Ei, ins Deiwels Name, des wähs ich wohl.

Carl. Aber unter dem Vorwande zu miethen, schleichen Sie sich in fremde Wohnungen ein. (Er steht auf).

Hampelmann (bleibt sitzen). Ich hab kän Vorwand nöthig, ich bin ohne Vorwand hie — awwer den Einwand bin ich so frei Ihne ze mache, daß ich mein Mieth auf den Tag zahl, un kän Vorwand brauch um hier ze sitze.

Carl. Wollen Sie diese Wohnung hier etwa auch besehen? Soll ich sie Ihnen zeigen? Dort ist wahrscheinlich das Wohnzimmer, da das Schlafzimmer —

Hampelmann (sitzt noch). No bitte ich ähn's — was soll ich dazu sage!

Carl. Hier vermuthlich das Gesellschaftszimmer, das Eßzimmer.

Hampelmann. Ja, ja, des is die gut Stub, des is die Eßstub. — Zwä un zwanzig Persone kann mer drin sitze, un wann mer sche e bissi zusamme rickt un e Hufeise deckt, drei= un dreißig — Notabene, wann die Frauenzimmer ihre abscheu= liche Ermel dehäm losse.

Carl. Nun, wenn Sie das schon so genau wissen, so haben Sie hier nichts weiter zu suchen — also — (er zeigt an die Thür).

Hampelmann (für sich). Des is um des Deiwels ze wern — wann ich nor wißt, warum ich net des Deiwels wern — (laut): Sie Freindche — here Se emol — ich sehe schonb, mer misse uns deutlich gege enanner explizire. Bei der Schankgeschicht heut Vormittag, da hatte Sie e Recht gege mich infam grob ze sein. Sie ware —

Carl. Werden Sie nur nicht langweilig.

Hampelmann (lauter). Jetzt Herr, bin ich im Recht — odder besser gesagt — jetzt bin ich uff meiner Gaß; jetzt kennt ich vice versa grob sein. Awwer ich mag emol nicht grob sein, ich will ganz geloffe froge: warum Sie sich hier desjenige herausnemme?

Carl. Warum? — weil Sie mich in dem schönsten tête à tête meines Lebens gestört haben.

Hampelmann (springt auf). Tête à tête — ganz wohl, jetzt fällt mersch erst wibber ein. Sie hawwe sich unnerstanne, wie ich do erein kam, die Jungfer Sophie Sauer ze umarme — (anspielend): Sie scheine mer e Liebhawer vom Saure —

Carl. Herr, worin mengen Sie sich? das geht Sie nichts an!

Hampelmann (außer sich). Nä, des halt der Deiwel aus — des geht immer des Bohnelied — Ich laafe uff vor Zorn — Sackerment! Enaus! Herr! Enaus!

Carl (ebenfalls zornig). Unverschämter! Das ist zu viel! hinaus! hinaus!

———— — ————

Scene 3.
Vorige. Sophie.

Sophie (eilt aus dem Seitenzimmer herein). Die Mutter kommt! ich sah sie vom Fenster aus! — (Sie eilt durch die Mitte ab.)

Hampelmann (für sich). Mein Frää! Dunnerwetter! die ääch noch — die werd mer aach was stecke — un wähs der Deiwel ich bin net ganz sauwer. (Sich zusammennehmend) Ich bin deiwelsmäßig wild, loß se nor komme!

Carl. Hören Sie, ich will Ihnen Ihre Unverschämtheit verzeihen, aber schweigen Sie vor der Herrschaft vom Hause — ich werde sagen, ich sei gekommen, diese Wohnung zu miethen.

Hampelmann (schreit): Awwer sie is nicht zu vermiethe, Dunner un's Wetter!

————

Scene 4.

Vorige. Sophie. Herr Hübner. und Madame Hampelmann.

Hübner (zu Madame Hampelmann): Nun, da sehen Sie, da ist er ja! Ihr Argwohn war ungegründet.

Mad. Hampelmann (spitig zu ihrem Manne): Schon wieder zurück, abscheulicher Mann!?

Hampelmann. O, laß mich in Ruh' — Du kimmst mer grad recht.

Hübner. Ei, was seh ich? Herr Neumann hier? Mensch, wie kommen Sie hierher?

Carl. Herr Hübner! welch sonderbares Zusammentreffen?!

Sophie (für sich). Die kennen sich! — Ach, zuletzt wird vielleicht noch Alles gut?

Hampelmann (dem seine Frau zusetzte). Loß mich zefribbe, noch emol, Othello in Weibsgestalt?

Carl (zieht Herrn Hübner bei Seite). Ums Himmelswillen, bester Herr Hübner, bei wem bin ich denn hier?

Hübner. Bei meinem wackern Freund Hampelmann, dem Vater dieses lieblichen Mädchens.

Carl (wie versteinert). Ich bin des Todes!

Hampelmann. Aha!

Carl. O mein Herr — Sie sehen mich aufs tiefste beschämt — womit soll ich mich entschuldigen? was soll ich Ihnen sagen?

Hampelmann. Vor alle Dinge — was Sie denn ägentlich hier wolle — un warum Sie sich bei mir hämlich

eingeschliche hawwe — Aber die Wohrheit — kän Firfarerei —
wann ich bitte derf.

Carl. Ich liebe ihre Tochter; hoffe auf Gegenliebe,
und kam, um Sophie zu fragen, ob sie mir erlauben wolle,
bei ihren würdigen Eltern um ihre Hand anzuhalten.

Hübner. Nicht möglich! — Hampelmann, freust Du
Dich nicht, wie der Zufall die Dinge gestaltet?

Hampelmann. Dinge? Was for Dinge?

Hübner. Erräthst Du denn nicht?

Hampelmann. Was in Dreibeiwelsname soll ich dann
errothe — ich bin kän Rothsherr —

Hübner. Der junge Mann, von dem ich Dir heute,
als von einer herrlichen Parthie für Deine Tochter sprach.

Hampelmann. No?

Hübner. Der junge, reiche, etwas lockere, aber sehr
rangirte Mann.

Hampelmann. No?

Hübner. Da steht er! —

Hampelmann Was? Des is der junge rangirte Mann?

Hübner. Nun ja doch!

Hampelmann (lacht). Rangirt — ja im Wandschank.

Carl (zu Hampelmann leise). Um Gotteswillen —

Hampelmann (leise, zu ihm.) Nor ruhig, brauche kän
Angst ze hawwe — Mer sinn Mensche — ich hab jo ääch
mein Schwachheite, — mein Tochter soll kän Bibswertche
erfahre — (laut): So, so, so, so! Höre Se, junger Mann. —
Heut Vormittag hab ich Ihne per Rencontre in em Wandschank
eingeschloffe — des verzeih ich Ihne — ich bin schuld dran,
daß Ihne e ganz annehmbare Barbieh in die Brich gefalle is

— bes verzeih ich Ihne aach — awwer was ich Ihne net verzeihe kann — bes is — daß Se Schulde gemacht hawwe.

Hübner. Ja, das sage ich auch; bei Ihrem Einkommen! das war unrecht.

Mad. Hampelmann. Sehr unrecht.

Sophie. Aeußerst unrecht.

Hampelmann. No, jetzt hab ich's satt — Wann Ihr ihm den Text lesen wollt — do will ich lieber enaus gehn. Ihr hört, daß ich dem junge Herr mit Anstand den Krage eraus mache will — un do kommt Ihr mit Eure moralische Vorlesungen angestoche. Ich bitt Euch, behalt's for Euch, un wart bis Ihr gefrogt werd. (Zu Carl): Was — e was — e — was hab ich Ihne dann geschwind sage wolle — ja ganz recht! — was ich Ihne nie verzeih, des sinn Ihne Ihr Schulde. — Sie misse wisse — hechst liftiger junger Herr — wohin mich Ihne Ihr Schulde gebrocht hawwe? rothe Se, — uff die Mehlwoog — *)

Alle. Auf die Mehlwaag!?

Hampelmann. Still — ruhig — es is merkwerdig — uff die Mehlwoog. — E Pedell vom Hochlebliche Stadtgericht oder lebliche Stadtamt, den ich gar net gekennt hab — wo kenn ich so Leut, perschwabirt mich in e Kutsch — und liwwert mich ganz scheen uff der Mehlwoog ab. Wann mich der Herr Vorsteher der Anstalt, den ich als dann und wann in de drei Sauköpp treff, net zum Glück gleich erkennt het, daß ich derjenige Mann nicht bin, der Schulde macht, un wann

---

*) Schuldgefängniß.

ich dem Herr Pedell — net immer die Solidität meiner Person net in's Klare gebracht hätt, so hätt ich wähs Gott brumme misse!

Carl. O mein bester Herr Hampelmann, Sie sehen mich zerknirscht! In Zukunft will ich der solideste Mensch von der Welt werden — Sie können mich dazu machen — wenn Sie mir die Hand Ihrer Tochter nicht abschlagen!

Hübner (leise zu Herrn Hampelmann): Weig're Dich nicht — denk an die sechzigtausend Gulden.

Hampelmann (leise): Ein erhabener Gedanke! (Laut): Awwer mein Gott! des Sophieche kennt Sie so wenig — es is e stilles, bescheidnes Mädchen, unner den Fittiche ihrer Mutter — —

Carl. Theure Sophie! sprechen Sie ein mildes Wort!

Sophie (schlägt die Augen nieder). Lieber Vater — wenn Sie nichts dagegen haben — ich kenne den Herrn — vom Fenster aus — er wohnt ja gerade gegenüber —

Hübner. Ha ha ha! Nun Hampelmann, Fügung Gottes! Schicksals Wink.

Hampelmann. Du hast recht — awwer schweie mußt Du — hier, jeune homme — awwer ordentlich jetzt — wann ich bitte derf.

Carl und Sophie. O bester Vater! beste Mutter! tausend Dank! (Sie umarmen erst den Vater, dann die Mutter und Hübner.)

Hampelmann (greift, während die Uebrigen ihre Freude leise bezeigen, in die Tasche, um sein Schnupftuch zu holen, und findet das Portrait der Sängerin). Schon gut! schon gut! Ihr habt mich — soll mich der — gerührt, es is mer so wahr ich leb ganz flennerich (für sich, indem er das Portrait der Sängerin findet): Alle Neun und Neunzig — des Portrett der Sengerin! for mein Herr

Schwiegersohn! Ja, proſt die Mahlzeit, der kriegt's nit. Des Portrett kimmt uff mein helfenbeinern Doos — un wann gefragt werd, wen ſtellt dann des ſcheene Bild vor — ſo laß ich ſo e Wort falle — von ere einſtmalige Geliebte — des is e unſchuldig Vergnige, des Niemand was ſchadd — un ebbes muß ich doch for mein Strabaze all hawwe.

Mad. Hampelmann (nähert ſich kleinlaut ihrem Manne). Hampelmann.

Hampelmann (erſchrickt und verſteckt eilig das Bild). He?

Mad. Hampelmann. Du biſt alſo nicht der Sänge=rin nachgefahre?

Hampelmann. Bild der doch ſo e Sach net ein — kän Gedanke.

Mad. Hampelmann. Aber Du thateſt ihr doch in meiner Gegenwart ſo ſchön?

Hampelmann. No, no, des war emol Dein Eiferſucht uff die Prob geſtellt. — Du Mäuſi — Du biſt in die Fall gange, (ernſt thuend) künftig hin verbitt ich mer ſo Scenen — Un korz jetzt — es werd kän anner Logis geſucht.

Hübner. Bis zur Hochzeit kauft ſich dein Schwieger=ſohn ein Haus.

Carl. Und nimmt ſeine lieben Eltern zu ſich.

Hampelmann. Des loß ich mer gefalle! An die heu=tig partie de plaisir wer ich ſo lang denke, als an mein Königſtäner, — alſo wenn Du mich lieb haſt — do redd mer net mehr vom Logis ſuche (halb laut gegen das Publicum) es mißte dann der Fall ſeyn, daß es ſonſt gewünſcht würde — — dann bin ich immer bereit — mein Promenade alle Tage zu wiederhole.

(Der Vorhang fällt.)